Ute Krause

Mini Saurio

quiere una mascota

Traducción de Marinella Terzi

Ute Krause

MINISAURIO

quiere una mascota

edebé

MINUS DREI #1: MINUS DREI WÜNSCHT SICH EIN HAUSTIER
by Ute Krause
© 2014 by cbj, a division of Verlagsgruppe Random House GmbH,
München, Germany
www.randomhouse.de

© Ed. Cast.: edebé, 2016
Paseo de San Juan Bosco, 62
08017 Barcelona
www.edebe.com

Atención al cliente 902 44 44 41
contacta@edebe.net

Directora de Publicaciones: Reina Duarte
Editora de Literatura: Elena Valencia

Primera edición: septiembre 2016
ISBN 978-84-683-2492-0
Depósito Legal: B. 12415-2016
Impreso en España
Printed in Spain

Índice

Las ganas   6

El primer encargo   19

El segundo encargo   36

Y otro encargo más   46

La sorpresa   62

Las ganas

—¿Una mascota? —dijo Mamá Saurio—.
¡En mi caverna no entra una mascota!
—Por favor —suplicó Mini—. Por favor, por favor,
¡POR FAVOR!

—¡De ninguna manera!

—¿Solo un bronto pequeñito? ¿O un reptil volador chiquitín?

—¿Y me quieres decir quién limpiará la jaula
de tu reptil volador? ¿O quién sacará tu bronto
a pasear? ¿Eh? —le regañó mamá—.
Me va a tocar a mí como siempre.

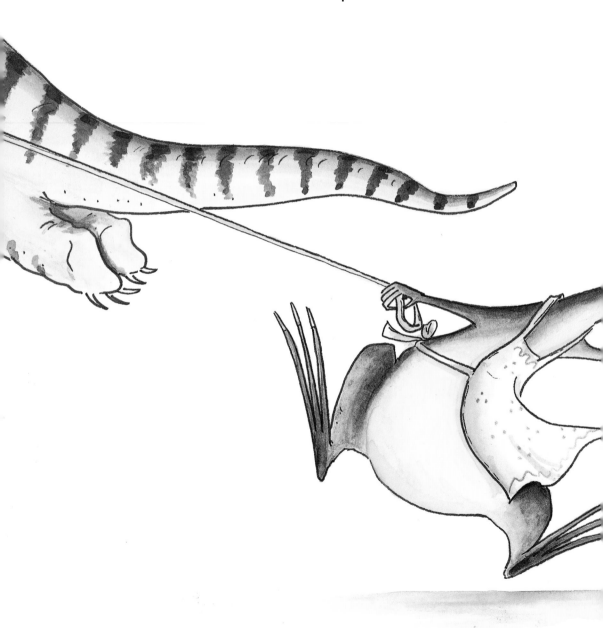

—Mira tu cuarto. ¿Quién se encarga de
recogerlo?

—¡No es lo mismo! —gritó Mini.

Las palabras de mamá a veces no tenían mucha
lógica.

—Nada de mascotas, y no se hable más del
asunto —dijo mamá.

Mini suspiró. ¿Cómo podía tratarlo tan mal? Si era
lo único que deseaba en el mundo… Una mascota.

Se conformaría hasta con
un pez prehistórico.

—Os voy a demostrar que me puedo ocupar
de una mascota perfectamente —murmuró Mini
enfadado.
Y al momento ya tenía un plan…

Recogió hojas de los árboles y con su mejor letra
escribió en cada una de ellas:

Mini ace felis
a sus zaurios.
Los laba, los cuida,
los saka de paseo.

Abajo anotó su dirección.

Pronto sus anuncios colgaban de todas partes.
Los curiosos se paraban y leían lo que Mini
había escrito.

Algunos incluso se llevaban las hojas. Mini estaba emocionado. ¿Su plan funcionaría?

El primer encargo

A la mañana siguiente llamaron a la puerta.

Era el señor Fósil.

—¿Mini? —preguntó.

Mini asintió nervioso.

—Este es T.R. —dijo el señor Fósil—.
Por desgracia tiene un olor algo fuerte. Pero es
muy obediente. ¿Podrías bañarlo?

—Sin problemas —respondió Mini.

El señor Fósil le dio la correa a Mini.

—Vendré a buscarlo dentro de una
hora —dijo.

Mini tiró de la correa… y tiró un poco más…

Tiró con tanta fuerza que se puso a sudar.

Pero la correa no se movía.

«T.R. pesa un montón», pensó Mini. «¡Y apesta!».

Menos mal que en ese momento Mini se acordó

de que el señor Fósil había dicho que T.R. era

muy obediente.

—¡Ven, T.R.! —gritó.

Y T.R. fue.

Mini tragó saliva.
Nunca había visto un saurio
tan grande.

—¿Cómo iba a meterlo en la bañera?

—¡Siéntate! —dijo Mini.

T.R. se sentó en la alfombrilla y movió el rabo.
Realmente estaba muy bien educado. Eso hacía
las cosas más fáciles.

—¡Ven! —dijo Mini otra vez, y T.R. lo siguió
tranquilo hasta el baño.

Mini esperó a que se llenara la bañera.

De repente T.R. aulló y salió…

… corriendo al salón.

«Probablemente a T.R. no le gusta bañarse»,
pensó Mini. «Por eso huele así de mal».
Mini intentó sacarlo de debajo de la mesa.
Pero T.R. no quería. ¿Tendría miedo al agua?

Mini tuvo una idea. Fue al baño y vació
la botella de gel en el agua. Al momento
apareció un maravilloso paisaje nevado.

Luego buscó en su libro de los dinosaurios.
Allí ponía cuál era el alimento que más
le gustaba comer a un tiranosaurio rex:
¡la carne!
Mini buscó una salchicha
en el armario y…

… la tiró en el paisaje nevado.
T.R. se puso contento y se lanzó
en su busca.

Ni se fijó en el agua que había bajo la espuma.
Quería más salchichas.

—¡Siéntate! —dijo Mini y fue a buscar más salchichas.

Mientras T.R. se comía la segunda y luego la tercera salchicha, Mini modeló un saurio de espuma con una corona de espuma. T.R. se empeñó en que quería una corona también.

Cuando llegó el señor Fósil, T.R. estaba recién bañado y olía a pino. El señor Fósil se puso muy contento.

—Bravo —le dijo a Mini—. Conmigo no le gusta bañarse. ¿Cómo lo has logrado?

Mini sonrió enigmáticamente y el señor Fósil le dio cinco caracolas por su trabajo.

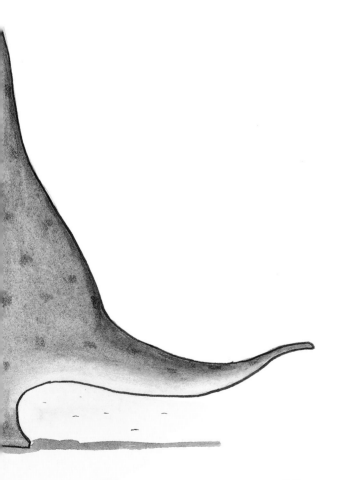

El segundo encargo

En cuanto se marcharon el señor Fósil y T.R.,
llamaron otra vez, pero no a la puerta.

—Hola, Mini —dijo la voz al otro lado de la
línea—. Soy la señora Meso. Mi Topsilín tiene
que salir a la calle urgentemente. ¿Tienes tiempo?

—Enseguida voy —dijo Mini.

La tierra se movía cuando llegó a la caverna
de la señora Meso. De dentro salían rugidos.
Mini entró con precaución…

Topsi, el triceratops, se alegró MUCHÍSIMO
de la visita de Mini.

—Le chiflan los peques —dijo la señora Meso
y le dio a Mini la correa.

—Hasta luego y ¡a pasarlo bien!

Mini le puso a Topsi la correa y luego
se fueron de paseo.

Topsi tenía mucha prisa.

«¿Adónde querrá ir?», pensó Mini.

Y enseguida lo supo.

—Se me había olvidado decirte que el Pantano
Pringoso es su sitio preferido —dijo la señora
Meso y le dio a Mini dos caracolas.

—Si quieres, puedes bañar a Topsilín. Te daré cinco caracolas por ello —añadió.

—Lo siento, pero hoy no puedo —dijo Mini deprisa—. Tengo muchos deberes.

Ya había trabajado lo suyo.

Y otro encargo más

Pero en casa ya le esperaba otra clienta.

—Esta es Estegui, mi queridísima estegosaurio
—dijo la señora Roquedal—. Necesita
urgentemente que le limpien las espinas
y las garras. Y yo tengo hora en la peluquería.

—¡Pero...! —gritó Mini.
La señora ya había salido
corriendo.

Estegui empujó a Mini a un lado y entró
en la casa. Junto a la mesa estaba todavía
el jarrón hecho añicos que T.R. había roto.

A Estegui le gustaban las flores.

—¡No, Estegui, no! —gritó Mini.

Pero las flores estaban ya en la tripa de Estegui.

Y entonces Estegui descubrió la habitación
de Mini.

—¡Fuera de ahí! —gritó Mini.

Estegui galopó hasta el baño. Ahora tenía la pinta
de un árbol de Navidad.

—No, ¡espera! —gritó Mini.

Demasiado tarde. Estegui ya había saltado
a la bañera.

Mini oyó unos crujidos. Y el agua empezó
a salirse de la bañera.

Las espinas de Estegui la habían agujereado.

Y Estegui se había quedado incrustada.

«Pues que se quede ahí», pensó Mini.

Mini sacó sus juguetes de la bañera y secó el
suelo. Cuando terminó, Estegui se había dormido.
Y roncaba bien fuerte.

Mini buscó la lima de mamá y limó las espinas de Estegui y, después, sus uñas. En cuanto limó la última, llamaron a la puerta.

Estegui se despertó de inmediato. Y salió
corriendo hacia la puerta con la bañera en el
lomo.

Su ama llevaba un nuevo peinado. Y a Estegui
le había traído unos lacitos a juego. La señora
Roquedal se alegró mucho de ver a Estegui.

Pero lo de la bañera no le hizo tanta gracia.

Estegui se sacudió y la bañera salió volando.
Mini recibió cuatro caracolas, y la señora
Roquedal le prometió volver pronto.

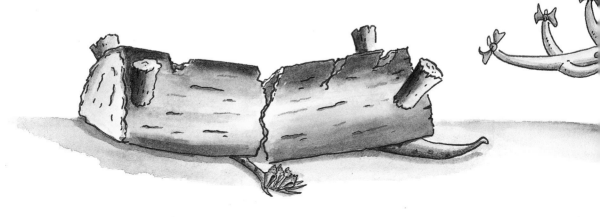

Mini lo ordenó todo. Luego fue a comprar. Tenía
caracolas justo para un ramo de flores, un nuevo
jarrón y una botella de gel de baño.

Enseguida estuvo todo como antes.

Bueno, salvo la bañera…

Mini se tumbó en la cama y cerró los ojos. Estaba agotado. «Tener una mascota da mucho trabajo», pensó. «Mucho mucho trabajo».

Era una suerte que sus padres no se lo permitieran. Mamá se alegraría de que Mini hubiera entrado en razón.

La sorpresa

Mamá y Papá Saurio llegaron a casa.
Mamá se alegró mucho de que Mini
hubiera ordenado su cuarto.

Y se alegró todavía más de que el suelo del baño brillara tanto, y le dio un beso a Mini por las flores del salón.

Después, Mamá Saurio dijo:

—La señora Meso y el señor Fósil me han contado lo bien que te has ocupado de sus mascotas.

—La señora Roquedal también —dijo papá—. Estegui estaba encantada.

—Y yo me había equivocado contigo —continuó mamá—. Puedes ocuparte de una mascota perfectamente.

Muy contento, papá añadió:

—Y por eso tenemos una sorpresa para ti. Vamos a regalarte una mascota.

—Pero... ¡no hace falta! —gritó Mini.

—Ya está aquí —dijo mamá.

Mini se puso blanco.

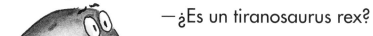

—¿Es un tiranosaurus rex?
—murmuró.

—No —respondió mamá—.
Es mucho más pequeño.

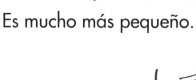

—¿O un tri… triceratops?
—Mucho más lento —dijo papá.

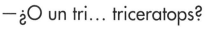

A Mini se le ocurrió algo todavía peor.

—¡¿No será un estegosaurio?! —jadeó.

—No tiene espinas —dijo mamá, y papá asintió.

Papá sacó algo de su cartera…

Era tan pequeño que Mini no lo reconoció

de inmediato.

—Es Lucy —dijo papá—. Me parece que os vais
a llevar bien.

—¡Una cavernícola! ¡Qué mona! —gritó Mini
emocionado—. ¡Es MIL veces mejor que
un saurio!

¡Y en efecto! Mini y Lucy enseguida se hicieron muy buenos amigos.

Ute Krause nació en 1960, y pasó su infancia en Turquía, Nigeria, India y Estados Unidos. Estudió Comunicación Audiovisual en Berlín, y Cine y Televisión en Múnich. Es una escritora e ilustradora reconocida. Sus álbumes y libros infantiles se han traducido a numerosos idiomas y han sido adaptados para la televisión. Ute Krause ha recibido varios premios, entre ellos el de la Fundación Buchkunst, y ha sido nominada para el Premio Alemán de Literatura Juvenil.